Voilà, voilà la belle Bouquetière
Qui veut acheter ses Bouquets.

# LES NOUVELLES AMOURS.

## FARCE, COMIQUE,

### LIRYQUE ET TRAGIQUE

#### DES FEMMES PUBLIQUES DU CI-DEVANT PALAIS ROYAL.

*Les fortunes immenses qu'elles ont gagnées à se promener dans le jardin, plusieurs d'entr'elles nouvellement mariées, leurs noms, leurs demeures, le prix de leurs charmes, l'état qu'elles font actuellement depuis que leurs couvens ont été supprimés.*

---

Jeunesse n'allez pas mordre à la grappe,
Dans la vigne du voisin.

---

Se trouve à Paris, chez les marchands
de nouveautés.

# QUESTIONS.

Demande.
Qu'eſt-ce que le ci-devant Palais-Royal.

Réponse.
C'eſt un des plus beaux morceaux d'architecture que nous avons dans la République.

Demande.
A-t-il été bien utile à la révolution depuis qu'il eſt bâti.

Réponse.
Il a été bien utile à la révoltion dès

la premiere année, c'eft de-là, que les premieres motions fe font faites, c'eft dans ce jardin que nous avons arborer la cocarde nationale, c'eft-là que tout Paris a crié aux armes, que les troupes étrangeres nous environ-noient, c'eft là, que nons avons volés au. fiege de la baftille, c'eft là que les braves parifiens fe font fignalés par la prife de la baftille, & que les troupes étrangeres ont pris peur dans une nuit, elles ont tout aban-donnees.

**Demande.**

A quoi a-t-il été encore utile.

**Réponse.**

C'eft au milieu du jardin que les motions fe font faites entendre, que tout Paris a appris avec douleur que la cocarde nationale avoit été fou-

( 5 )

lée aux pieds, par les valets du tyran & la blanche l'avoit remplacée.

---

Journées des 5 & 6 actobre.

### Demande.

A-t-on souffert ça.

### Réponse.

En moins de deux heures tout Paris étoit armé ; les hommes, les femmes & les enfans se sont mis en chemin avec des pieces de canons pour aller à Versailles ; la pluie, le mauvais tems, rien ne nous a fait peur.

### Demande.

Etant arrivé à Versailles, expliquez-moi, a-t on vengé l'insulte faite à la cocarde nationale.

( 6 )

### Réponse.

A l'arrivée des braves Parisiens à Versailles, le brave régiment de Flandre, les gardes Françoises, se sont rangées avec les bataillons d'amazones le tyran avoit donné les ordres barbares de fusiller sans pitié les femmes. C'est après plusieurs décharges que nous avons entré dans ce château royal, où une licence effrenée règne depuis si longtems; c'est là que nous avons poursuivs les gardes-du-corps au milieu de la nuit, nous avons vengé l'insulte faite à la cocarde nationale. Les têtes des vallets du tyran portées en triomphe par les braves femmes des halles, le tyran & sa famille que nous avons emmenés à Paris & qui n'ont pu rester tranquille près le peuple.

### Demande.

Qu'eft-il devenu le tyran, eft-il refté longtems à Paris.

### Réponfe.

Non, car lui & sa femme, à force de nous en faire nous les avons vu guillotiner, & depuis ce tems, nous vivons heureux.

### Demande.

A qui appartient le jardin de l'Egalité.

### Réponfe.

A la Nation.

### Demande.

Queft-ce qui l'a fait bâtir.

### Réponfe.

Un monftre que l'enfer a vomi pour

le malheur des humains que la nature
a pétrie des vices les plus bas.

### Demande,
Qu'a-t-il fait de son palais.

### Réponse.
Pour embellir son palais , il y a
attiré toutes sortes de monde à qui
il fournissoit des boutiques gratis comme aux intriguans, aux royalistes , à
ses vallets, aux fripons. . à l'aristo-
cratie , aux joueurs de biribi , à la
roulette, aux balles & à l'agiotage.

### Demande.
Comment a t il donc été ce jardin
utile & inutile à tout souffert çà.

### Réponse.
A force de peines & de tourmens

( 9 )

après plusieurs fois que le jardin a été bloqué, l'on est parvenu à chasser cette mauvaise graine, car l'honnête citoyen se trouve quelquefois parmi des gueux qui ont ruiné bien du monde.

**Demande.**

A présent à quoi est il utile le jardin.

**Réponse.**

Le vice y règne de plus fort en plus fort.

**Demande.**

Le maître a qui appartient le jardin est donc le premier à la tête du vice.

**Réponse.**

Comme étant le fils d'un cocher, il avoit toutes bonnes commeres des serrails pour ses maîtresses.

( 10 )

### Demande.

Expliquez-moi ce que c'est qu'un serrail.

### Réponse.

Serrail veut dire que le jardin de l'Egalité contient 1500 filles bien habillées, bien pomponnées, bien logées à bouche que veux-tu, qui ne font rien de leurs doigts qu'à regarder les paſſans, voilà leur ouvrage.

### Demande.

Ils ont donc des rentes pour vivre, car apréſent, que tout eſt ſi cher.

### Réponse.

Toi, moi ce ſont ceux-là qui les font vivre, chaque citoyen qui paſſe ſur la quantité, il y en a toujours quelqu'un qui va viſiter ces couvens.

( 11 )

### Demande.

Expliquez-moi dequoi est composé chaque couvent.

### Réponse.

Chaque couvent est composé d'une mere abbesse, une marcheuse, un aumônier à la mere abbesse, six filles de 12, 14, 15, 16, 18 & 20 ans, deux à l'entrée de la porte, les quatre autres dans le boudoir.

Quelquefois un honnête citoyen après vingt années de mariage se trouve ruiné pour soutenir ses couvens, & voilà ce qui a été une partie des divorces, le citoyen s'y laisse aller quelquefois par la débauche causée par ses femmes, ainsi que a jeunesse.

( 12 )

### Demande.

Y a-t-il longtems que fes couvens font en activité.

### Réponfe.

Non, ce n'eft que depuis que la queue de Robefpierre à été guillotinée. Avant ce tems-là Robefpierre avoit choifi les plus belles femmes putains & faifoit bonbance à Moufſeau & les autres femmes publiques. Il donnoit des ordres pour les enlever.

### Demande.

Que faifoit-t-on de ces femmes publiques.

### Réponfe.

On met les unes à l'Hôpital, les autres à la Force, à Vincennes aux Capucins. Le tyran Robefpierre leurs empêchoient la circulation de leur commerce ; depuis ce tems-là celles qui ont beaucoup gagnées d'argent à se promener dans le jardin, les unes se sont mariées, les autres ont montées des couvens ; les autres ont appris des metiers, les autres ont fait de grands commerces ; de maniere si ça dure, les boutiques ne seront occupées que par des femmes publiques, avec leur trois ou quatre cornets de tabac, de trois ou quatre livres de poudre, un comptoir, une glace, & une séparation qui forme un boudoir ; voilà un couvent monté, un pot à l'eau & une cuvette, voilà les armes du couvent.

### Demande.

Ce n'est pas au jardin seul que ses couvens existent, Paris est si grand.

### Réponse.

Dans plusieurs quartiers, les **couvens**
font en chambre ; l'abbesse mene ses
religieuses soit à la promenade, soit
aux spectacles, c'est le tout de les
connotîre vous trouverez leurs adresses
au milieu du livre.

### Demande.

Celui qui a fait bâtir le jardin est
donc à la tête de ces couvens.

### Réponse.

C'est lui qui les soutenoit pendant son vivant.

### Demande.

Il est donc mort, comment s'appel-
loit-il.

### Réponse.

Il s'appelloit d'Orléans ; il s'étoit

( 15 )

donné le nom de l'Egalité pour mieux
tromper la nation , homme de fang
& de carnage qui vouloit monter fur
le trône. La nation l'a condamnée à
mettre fa tête à la portiere nationale.

# PROFESSIONS.

" Suppliant humblement la tartanne bacchante fillatiere fille mineure de Dupeigne, coëffeur foutenu par Equots marmiton chez Lavallon, gargotiere rue des pleurs, Souchoniere dite la pentecôte, la brin d'avoine ancienne directrice de fpectacles & autres filles courreufes actrices du théatre des champs-élifees, danfeuses de la rue du Renard, & autres toute procédentes fous l'autorité de Marie L'eftrapade ceffionnaire de fon fonds fis à Paris, rue des carpes frites. Thérefe Chodron établie auffi à Paris rue des carpes faites, tenant magafin à prix fixe &

avec garantie. L'estrapade ancienne marchande parfumeuse l'aspirante à la retraite fondée à Bicêtre par sire mercure. L'enragée commerçante rue desloups-garoux. Macare tenant vieilles étoffes, rue neuve des cadrans , & Batoir la négresse négociant le bien bourgeois. Leur tutrice & leur curatrice disant que depuis un mois fondantes en larmes de chagrin pleurent jour & nuit la grande perte qu'elles viennent de faire, se voyant privées par la queue de Robespierre de n'être plus ses belles femmes qui embéllissent si bien les galeries du jardin de l'égalité, ô mort ! m'as-tu frappé sans pouvoir m'atteindre. Eh bien faisons donc quelque métier , pour moi, Nanette je vais apprendre à faire des culottes & moi Julie, je vais prendre le rude métier de mon

père , mon mannequin , mon petit
crôt, ma petite lanterne allant de rue
en rue, me voilà établie. Rofe L'ancre
vient de fe marier avec un gros marchand d'allumettes en gros. Marie la
laide vient de fe faire uue bonne
connoiffance & un bon parti un fameux
braffeur de vin. l'Anglaife, l'Italienne
la Polonaife, la Syriac, laTurque, le
doigt coupé, la Camarde, la trois
yeux, la Batonniere, toutes les neufs
viennent de s'affocier , l'argent qu'elles
ont gagnées à fe promener dans le
jardin de l'égalité, elles vont faire bâtir
une falle de fpectacle dans un grand
genre. Ils vont faire venir un architecte
pour en prendre le plan. Le théâtre
aura autant de couliffes comme il y a
de jours dans l'année, les amateurs qui

voudront voir l'ouverture de ce théâtre feront obligés de porter leur lit & leur cuisine dans le rang des loges, le parterre fera grand comme la plaine des Sablons, les loges feront grandes comme le Pont-Neuf, deux mille loges toutes bien diftribuées, les loges grillées feront grandes comme la place Victoire, l'amphitéâtre fera grand comme tout le jardin du palais égalité. Les décorations, la taille tout fera conftruit en fer, en un mot toute la falle, ne fera pas expofée aux flammes, l'orcheftre, les muficiens feront au nombre de 2000, placés tous bien à la portée du théâtre. Les muficiens coûtent beaucoup, mais ceux-là une fois placés dans leurs places, cela fera pour longtems, la mécanique en fera fi bien faite que les amateurs croiront de loin que ce fera des muficiens vivans, l'accord la bonne mufique enchantera les amateurs, il faudra quinze jours pour les mettre en train. Le mouvement de leur corps fera perpétuel. A chaque piece l'on tournera la manivelle, changement de mufique. La trouppe d'acteurs & d'actrices fera compofée de 2000 danfeurs & danfeufes ouvriers compofés de 3000 garçons de théâtre, fera compofé de 1000 allumeurs, 500 foufleurs. 300 peintres en décor. 200 tailleurs de théâtre fera compofé de 6000, l'on y jouera la grande tragédie faite par un bon auteur en 200 actes & 600 fcenes un bal à chaque acte, des grandes comédies par les plus habiles auteurs en 300 actes 800 fcenes. La grande pantomime de Don Quichotte.

ui durera fix mois , fans baiſſer la
oile . les acteurs mangeront pendant
eux mois fans s'arrêter , pour refter
près fix mois fans rien prendre. Pour
ien rendre cette pantomime & les
rands opéras on 200 actes 600 fcenes,
a toile fera quinze jours à la lever ,
e changement des décors pour les
ctes durera trois mois, fix mois pour
llumer tous les lampions , en un mot
amais de l'homme vivant on n'aura
vu un théâtre pareil, loge pour les
cteurs foyer 2000 efcaliers en feront
e tour de la falle , la falle fera ſi
bien compofée que l'on pourra louer
des loges & y emménager ſi l'on veut
& en couchant dans fon lit ' l'on ver-
roit jouer la comédie, il y aura une
pattie des loges que l'on mettra en
garni, chaque loge fera compofée de

salons, salles à manger, chambres à coucher, antichambre, cour, puits; jardin, cave, grenier, bûcher, le parterre sera construit singulierement les banquettes seront suspendues en l'air par des ressorts que l'on montera à volonté. Lorsque le parterre sera plein d'un seul coup de sifflet toutes les banquettes se trouveront enlevées à la hauteur de 200 toises, à chaque hauteur un cran sera plus elevé, pour que les loges puissent bien voir, ainsi que l'amphitéâtre. Prix des places, premiere loge garnie 2000 livres par année, chaque loge garnie qui peut contenir 100 personnes sans être gêné, seconde loge garnie 600 livres qui peut contenir 80 personnes bien commodément.

Trois loges garnies 1200 livres par année bien commodément.

Quatre loges garnies 1000 francs.
Cinq loges garnies 800 livres.
Six loges garnies 400 livres.
Sept loges garnies 200 livres.
Huit loges garnies 100 livres.
Neuf loges garnies 100 livres.
Dix loges garnies 100 livres.
Onze loges garnies 100 livres.
Douze loges garnies 100 livres.
Parterre 100 livres.
Amphitéâtre 300 livres.
Le grand paradis 1000 francs.
Le grand purgatoire 50 francs.

L'ouverture s'en fera le plutôt possible, les directrices de ce théatre viennent de s'aranger du terrein dans un superbe endroit situé sur le bord de la riviere des gobelins. Les fondations sont presque faites. Les neuf femmes publiques qui sont retitées de leur maudit état, elles ont bien épargnées pour amasser tant d'argent pour entreprendre une bâtisse si forte. Margot la bancalle a pris son parti, elle vient de quitter son malheureux état de put... elle aime mieux souffrer les allumettes. Grippe-Saucisse très digne maquerelle atteste sur sa foi de put... que Mordant Tempérament a pris mal au cœur le jour que les couvens ont été visités et fait rafle de toutes les femmes, elle atteste qu'elle vient d'être grosse d'un brave sans-culotte, ramoneur de son état, deux jours avant elle avoit fait ramo-

ner sa cheminée. La petite marchande
de mottes à brûler , la tierce tripiere
au coin de la rue des moutons, la
baucaute donne des cachets pour la
danse. La pauvre Minuit vient de
perdre tous ses cheveux d'un mal
d'aventure. L'antippé L'anglois caricature, bouchetrès grande, œil louche
front large , cheveux noirs , taille
voutée , nez plat. Cette illustre maquerelle, coureuse connue des débau-
chés les plus insignes , vient de vendre
son fonds, avant de passer contrat
les livres de recette ont été déposés
chez un savetier et visités par l'acquéreuse. Celle ci après les avoir
éxaminés, s'apperçut que les revenus
du jardin étoient énormes , et en
conséquenée paya exorbitement les
domaines de Lantippé et pour le rem-
boursement à faire compta sur les
promenades du jardin, mais à présent

ne pouvant y conduire son troupeau elle s'est trouvée dans la plus grande affliction. Lantippé qui a l'ame dure et vaurienne, ne se laissa pas attendrir par l'événement qui désole ses converses et s'est pourvue dans les tripots contre les acquéreuses, celle-ci a pris des lettres de risection, cette affaire se jugera après vendange. L'acquéreuse ne boit ni ne mange de chagrin, elle vient de mettre sa derniere chemise en plan.

Labérichonne ancienne marchande parfumeuse tresse des cheveux, caricature nez long, elle rape du tabac la fine la mince son fonds est absolument tombé. Les amateurs lui conseillent à présent de vendre du journal du soir. La Piroitte nous ne lui connoissons plus qu'un seul espoir celui d'obtenir une retraite à la sal-

pétriere , puisse cet espoir être ac-
compli. La grande Machoire , caricature , bouche béante , œil ingénieux
n enton petit, cheveux noirs, taille
élégante et teint fané. Il est dans
tous les ordres des génies supérieurs,
qui dédaignant les voies ordinaires
parviennent à l'immortalité par des
routes inconnues. Celui de Machoire
est de cette classe , vous allons en
donner une preuve. Dans le sallon
jadis de Machoire , salon destiné aux
jouissances , il existe un prie-dieu
qui offre à l'œl des mécaniciens
l'ouvrage 'e plus parfait Ce prie dieu
est élevé de dix pieds. Sur la hauteur
est placé un petit amour qui badine
avec sa mere , et sur un autel très
é roit est placé un gros livre sur lequel
on lit , l'ismene de cithere. Ce salon
n'est destiné au jeune volupté , lorsque le vieillard y arrive , il voie sur

le champ au petit amour, et le prem'er mouvement qu'il fait avant d'offrir le sacrifice est celui de se mettre à genoux pour invoquer l'amour. A peine est-il prosterné alors les bras du prie-dieu s'ouvrent, l'adorateur le tient, les prétresses alors s'avancent et consomment le sacrifice Depuis le jour auquel on a enlevé les femmes du jardin, le prie-dieu a été brisé, cassé par morceaux et mis au feu pour avoir les ressorts qui étoient un peu moisis à force d'avoir travaillés. Macare caricature, main blauche, œil faux, nez jaune, taille courbée célebre par certains tours de passe. passe. Lamoytis d'un visage marchande d'allumettes, la Cloître, la Frivolle, ravaudeuses. Les derniers froids qu'il a fait, elle mit le feu à son tonneau et à sa chemise, et par le soin d'un brave porteur-d'eau qui

t'y a foutu sa voie d'eau à travers
le tonneau, sans cela le feu l'auroit
consumée elle et son touneau. Après
cette affliction, le porteur-d'eau demande à tout le moins le payement
de sa voie, la Cloitré après avoir dis-
putée pour son payement, elle l'a
priée d'aller coucher avec elle, et
voilà un bienfait qui n'est pas perdu.
La Bacante vent de l'ail et du laurier,
la Midit la grosse vient de faire
toutes les pratiques d'un porteur d'eau
elle se sent assez forte pour les faire.
La Cadenat, la Jolie, vit toujours
avec Grattès, Russaux, Monpagnier.
La Grellée vit toujours avec un
raccomodeur de chandelles. L'amitié
vent des chiffons à la Halle. La belle
Bloude fait toujours son commerce
à la place des muscadins, maison
des prunes de reine claude, au dix-
-septieme, sur le devant, l'entrée est

par la chatieres, prix de ses charmes
ce que l'on veut, et sur-tout de ne
pas oublier la fille pour son rogom
et son tabac.

La tête de mouton vend des coli-
fichets pour les petits oiseaux.

La Farceuse ancienne actrice du
théâtre du Marais, elle vient d'obtenir
une place sur ses vieux jours de baisser
la Toile et la Relever au théâtre
de L'estrapade.

La Grenier au sel vend des petits
pains de Nanterre.

La Floteuse vit depuis quelque
tems avec un musicien, le violon est
en plan depuis deux jours.

La Boiteuse vit avec un garçon
bouchonier.

La Marmite et la Niesse font du cirage pour les bottes et souliers sur le Pont-Neuf.

L'armoire, la jambe de bois vend des mòttes à bruler.

Fritte la normande décrotte sous les piliers des Halles proprément.

La Quincampois vend des marons à faux litron.

La Martarie fait des chansons sur le Pont-Neuf.

L'ave Maria la friande s'est mise à laver la vaisselle chez Grosse-Tête donne à manger à dix sous par place.

L'ave Maria la blonde elle avoit louée les chaises d'une église croyant de les surlouer au moins 3 livres par personne, lorsqu'elle vient d'apprendre que les églises et les prêtres menteurs sont supprimés, elle vient de tomber malade, voilà trente jours qu'elle ne parle plus. Sa sœur lui a fait une neuvaine pour lui faire revenir la parole, elle est morte le même jour.

Marigot la fine fait de la toile.

La petite Miséricorde vient de se marier richement. On prétend que son mari a commencé à décroter sur le Pont-Neuf, à présent il vit de ses rentes.

La noire Élancée vit toujours avec Currepuit.

La Fantaisie vient de prendre une maison à bail.

La Farineuse vient d'avoir une partie des réverbères à nettoyer et à allumer toutes les nuits.

La Pisse-vinaigre, la jolie est bien entretenue, la Cour-talon, la Grêlée passablement.

La grande Chictoir vient de s'associer avec le nez bruié. Leur plan est de suivre les paveurs, la grande Chictoir se charge de piler le grès et le nez brué avec son mannequin le vendre et voilà un bon commerce.

La petite Carreau vend du journal du soir.

Franponnade travaille en culottes dans sa chambre.

La Norniété vient de se marier

Minette la main pourrie fait des cerfs volaus.

La belle Cuiscetes la Palle est bien entretenue, sa sœur vend à la Halle des merlans pour vous récurer les dents.

La belle Béligand vit tant bien que mal.

La Rozois vit toujours avec son marchand de bœufs.

La Seur vit avec un gros marchand d'huile Comme il vouloit la vendre cent sous la livre, ces tonneaux se sont défoncés et l'huile est toute per. due. Voilà ce que c'est que de vouloir vendre une chose si chere.

La Trétoir vient de se marier avec un gros marchand de bois. Le jour que le bois a été taxé, sa femme lui en a appris la nouvelle, il a été voir dans son chantier, tout son bois étoit changé en bottes d'allumettes. Voilà ce que c'est, lui répond sa femme d'être si accapareur, le bon dieu t'a puni, voilà ta fortune perdue.

La foif vient de se noyer dans un tonneau de vin, la grimaciere vient d'accaparer une partie des artichaux du Montfaucon elle espere de les vendre au poids de l'or la campagne qui vient.

La petite mannequin vient de se marier avec un gros marchand de cochons. On prétend qu'un jour il va voir fes cochons dans le cuvier, quelle furprife pour lui lorsqu'il apperçut tous fes cochons changés en chats Qui l'ort dévorés fa pauvre femme de peur voilà 6 mois qu'elle eft à l'agonie. La Retrétôt vient de se marier richement avec un gargotier rue des fansployer maison de santé, au onzieme l'entrée est par l'egout Montmartre.

La grande main toujours à prendre vient de se retirer du mauvais état de put... L'argent de ses épingles & de ses rubans elle vient d'acheter une jolie maison. On prétend qu'ell a dix étages, elle est bientôt logeable, car les fondations ne sont pas encore faites. La pauvre fille a été faite comme dans un bois elle pleure jour & nuit. La Frivolle vient de se marier avec un veuf qui a trois garçons aux frontieres & quatre filles mariées qui font tous les ans chacun un petit républicain sans compter encore moi qui me sent assez vigoureux pour

mettre

...tre des petits républicains au
monde. la grande Pontoise , voila
17 mo s qu'elle est toujours couchee
sur le même côté d'un debordement
comme étant d'une très grande con-
noissance du carré des cloches Elle
avait obtenue une place dans l'eglise
elle donne l'eau bénite avec un gou-
pillon elle commence à avoir un tact
à donner l'eau benite depuis que l s
prétres menteurs so t supprimés , elle
est tombée malade depuis.

La Taboureau une des grandes
femmes publiques vient d'acheter un
fonds de chiffonniere, elle l'est réser-
vée . 6 femmes des plus robustes le
son couvent pour la fatigue du petit
croc. La petite pisseuse les bretelles
de son mannequin lui font un peu
mal tout ce qui lui fâche c'est qu'elle
ne connoit pas bien les rues. La grande
Friappe porte le mannequin plein
comme un œut l'étouffoit le premier

D

jour de la sortie à la porte d'un gargotier , le premier coup de croc qu'elle donna ce fut une soupiere d'argent double de vermeille , elle s'en fut sur le champ chez sa maitresse.

Sa maitresse la voyant arriver avec son mannequin vuide , elle pensa lui donner cent coups.

Mais comme elle apperçue la soupiere d'argent double de vermeille, elle lui dit, retourne bien vite à ce même endroit cette soupiere n'est pas seul cette maquerelle , crois donc absolument que si le gargotier alloit f... toute sa vaisselle au tas d'ordures toutes les 6 ils ont un goût charmant pour le tas de chiffonniere en leur chemin faisant cela n'empeche pas que lorsqu'ils trouvent des michets qui savent bien prendre où ils n'ont jamais mis, ce métier là n'oublie pas avec un bon métier en main voilà six mariages qui se préparent, & les voilà hors d'état de puti...

Un gros marchand de chevaux a été fur le point de fe marier avec une des plus jolies, lorfqu'il a apris que la guillotine en avoit rafe quelques unes qui n'étoient pas fideles à la nation, fon mannequin eft le plus folide pour elle.

La Mortier & Pillons marchand de vins, le jour de leur noce avant que de fe mettre dans le lit pour prendre un pucelage de 45 ans une idée lui prend d'aller voir fon vin, fi rien ne bouge, pour le coups lorfqu'il voit fon vin faire un lac dans fa cave & fes tonneaux danfer la carmagnole la peur le prit, la tête lui a tournée, on pretend qu'il f'eft noyé dans fon vin. L'être Suprême punit quelquefoi les accapareurs. Sa femme en a pris la jauniffe, elle fait comme fon homme, elle accapare les carrotes pour fe faire paffer la jauniffe, ô pour le coup moi à mefure je chie dans ma culotte de voir toutes ces

put... réuffir dans leur commerce, Pour
le coups en voilà bien un autre.
Satellet Collet ci-devant rue des
mansgerous fréquentoit un fameux
marchand de sucre en gros, fon plan
étoit de vendre fon fucre, que lorfqu'il feroit à douze livres la livre.
Un jour il prend un cabriolet de
louage & va lui & fa femme soit
fon fucre. Comme ce n'eft plus la
mode d'avoir fa marchandife dans
Paris, ils ont toujours efpoir de le
mieux vendre hors de Paris en récom-
penfe lorfqu'il entre dans fon magasin
il prend un pain, le déploye pour
voir fi rien n'eft gàte, quelle furprife
pour lui lorfqu'il voit tout fon fucre
changé en blanc d'efpagne, & fa
caffonade en terre glaise. Lui & fa
femme ont dit : parbleu voilà encore
un coup du ciel. Ils fe font réfugiés
à travailler dans les carrieres, & ils
prient de ne plus devenir riches,
crainte de redevenir accapareurs. Vci à
un grand exemple pour les accapa-

reurs qui avez des marchandifes dans vos magafins, qui n'en donnez pas au prix que l'on vous en donn° vous dites tous : nous n'en avons pas. Prenez exemple du fait qui eft arrivé rue de Valois Tout le monde a vu le feu prendre au magafin, c'eft là que l'on a vu le fucre, la caffonade & le caffe dans les flammes.

Entre la paillaffe, ci-devant rue des matelats, vient de monter de fon chef aux capucins On prétend qu'elle eft groffe d'un homme qui marchoit à quatre pattes dans les rues, que tout bon citoyen aumônoit fuivant fon moyen, & qu'elle efpere que ce fera un bon petit republicain. Eh bien mordienne, que dit le prophete : celui qui n'a pas produit fon femblable, eft incapable de connoître fon exis-
tence.

Fanchon vient de fe marier avec l'aveugle qui joue des quatre iuftrumens à la fois, on le voit souvent à la Grêve. La Maronniere vient de faire un fort bon marché, elle vient d'acheter un superbe jardin. On prétend qu'il a 200 toises de long sur 100 de large bien garni en espaliers, en arbres fruitiers, potagers, basse-cour. Le principal localaire va le faire détruire comm il craint que la charge lui fasse tomber sa fenerre de la maison la Maronniere en a pris le vendeur en procès.

La Bombardement ci-devant put... vient de prendre les convulsions, voilà 15 mois que l'on la tient toute nue sur le marbre, elle ouvre des yeux comme la balaine, ses membres sont tout tortus. Telle est la vie telle est la mort.

la Chiville ci-devant put... vend des allumettes & de l'amadoux.

la Dugras doux ci-devant put...

vient de se marier avec un veuf li-
monadier de son état, rue & place
Grenouille, elle espere le peu de put...
qui restent d'avoir leur pratique, ô
pour le coup cher lecteur ecoute celle
là

La belle Etoile ci-devant put....
son pere & sa mere étoient vinaigriers
rue des potirons près celle des melons
en face des concombres en boutique
n°. 23, son plan a eté pendant l'au-
tomne de se lever avant le jour pour
accaparer tous les cornichons & le
vinaigre dans toutes les boutiques de
Paris. Elle avoit un grand magasin &
plusieurs cuves pour faire confire ses
cornichons. Le vinaigre de Pierre, de
Jacques, de Philippe faisoit danser la
carmagnole à tous les cornichons.
15 jours après, elle croit qu'il est à
propos de mettre les fonds à ses cuves
pour que les cornichons ne s'éventent
pas Le tonnelier vient avec sa faulx
de fer mettre les cornichons à l'abri
de tout. Elle paye le tonnelier &

lui dit, voilà des cornichons mais celui qui voudra en manger, les paiera b... Au bout de quelque temps, belle Etoile couchoit au deſſus de ſon magaſin, dans la nuit la force du vinaigre a fait ſauter le fond des cuves, les cerceaux de fer ont caſſés, le plancher à ſauté. les cornichons & le vinaigre ont ſauté en l'air, la belle Etoile a été inondée dans ſon lit du vinaigre. Le plus gros cornichon lui a tombé ſur le bout du nez lui a caſſé toutes les dents de la bouche ſa peau ſ'eſt changée en couleur de vin. Sa ſœur lui cherche à préſent une bonne nourrice juſqu'à ce que ſes dents ſoient revenues. Elle dit bien à préſent que jamais elle ne deviendroit accapareuſe. Exemple pour les accapareurs.

L'enragée vient de ſe marier richement avec un décroteur du Pont-Neuf. Ils vont prendre un fonds de cartons rue d'Enfer, près celle du Purgatoire maifon de l'Ange Gabrielle, au deffus de Lucifer.

Lh petite Tulipaneau affez jolie de figure fon prix eft toujours le même depuis deux liards iufqu'à trois fols & demi. Elle demeure rue des chapeaux cires, maifon des cordons, l'entrée eft par le tuyau du poële, no. 39.

La grande Mufcadine eft toujours put..... fon prix eft de fix liards & deux fols & demi pour fon tabac. Rue des croupieres, maifon des brioux en face de l'âne qui pleure, l'entrée eft par la croifée, n°. 37.

La grande Solognes fait toujours fon métier de put .. fon prix eft toujours le même depuis pere en fils. Les amateurs donnent depuis 25 jufqu'à 600. Elle demeure toujours rue des pareffeux, maifon des doumeurs, en face du chagrin, l'entrée eft par le trou de la ferrure no, 24.

Latellet Pellet sans cesse invite les amateurs d'aller les voir, elle a deux pucelages nouvellement arrivés de Cythere, elle espere de les mettre en perce, aussitôt que la souscription sera pleine. Prix 12 liv. & l'on donne ce que l'on veut à la fille. Sa demeure est toujours rue du bien marié, en face de la rue des bigarreaux, l'entrée est par la grosse pierre qui se leve pour vuider les commodités.

La belle Imaginaire fait toujours son métier de put.. on lui donne ce que l'on veut elle est si accommodante. Sa demeure est rue de la matiere, maison de s'exhaler en face de ce réduire, l'entrée est par un carreau qui est cassé, no. 23.

La chemise Brulée elle & sa sœur eles sont d'une beauté sans egale. L'une marche avec deux batons, l'autre ne peut plus se lever de son lit. Par pitié les amateurs vont les voir pour y faire leurs parties. Elles demeurent rue des mandrins, maison des s'eva-nouit, l'entrée est par un moulin à vent, no. 38.

La petite Horreur fille de 15 ans & demi jamais rien d'avance rue des Grossieres au dix-septieme, la porte qui fait face aux pigeons no. 12.

La Singe à rabat vient de monter un couvent en bon air sur la montagne de Montmartre Elle vient d'acheter un vieux moulin à vent qui ne pouvait plus rouler son corps. Elle vient de l'arranger avec un maître maçon pour lui faire les réparations plans, boudoir à recevoir, antichambre, salons à manger, chambre pour les six religieuses, basse-cour, maison de la basse cour, jardin potager jardin à fruits, promenade. La Singe à rabat previent les amateurs que son nouveau couvent sera bien échauffé & eclairé en bougies d'auvergne, bonnes tables, la cuisine est bientôt finie. Pour monter son couvent en plein, elle vous doit trouver un bon cuisinier, un rotisseur, un aide de cuisine, un marmiton, un pâtissier & un quelqu'un bien savant pour l'office. Ils seront bien chauffés & éclairés nourris à bouche que veux-tu & bons gages & les profits le tour du panier qui seroient immenses.

Nom de l'hôtel.

Sérail du vieux moulin qui ne peut plus rouler, tenu par la Singe à rabat.

# Cachette découverte d'un prêtre menteur avec une femme.

Les galeries les plus ordinaires de ces amans sont Mont Rouge et le moulin janséniste.

C'est dans cette derniere maison que j'ai reconnu l'abbé.

Mon pasteur qui ne se doutoit pas d'avoir un témoin si près, séparé de son cabinet par une alcove tapissée d'un papier de tenture.

Mon attention a été réveillée par la conversation la plus tendre et la plus mystérieuse.

E

L'ami avec qui j'étois, aussi curieux de savoir et d'entendre les doux propos de ce couple voluptueux, prêta le plus morne silence.

Je m'approchai doucement de l'alcove, on sent bien que je ne vis que je n'apperçus rien, mais en revanche, j'entendis très distinctement le colleque amoureux de ses amans qui se croyant seuls sur la terre, s'expliquoient nettement et sans contrainte, tel étoit leur galant et lubrique dialogue que j'ai retenu fidelement.

### L'abbé.

En vérité, ma bonne amie, j'étois désespéré de ne vous point voir arriver, je croyois que vous ne viendriez pas, j'étois prêt à m'en retourner, mais j'ai senti mon cœur tressaillir quand je vous ai apperçu.

## Mme. Mouchoir.

Je ne me suis pourtant pas amusée je suis venue grand train, la cause de mon retard ne peut être imputée qu'à monsieur mon mari, contre son ordinaire il n'est sorti ce matin qu'a-près onze heures, et comme bien vous sentez, mon ami, n'ayant point de raison pour m'absenter de chez moi, j'ai été obligé d'attendre.

## L'abbé.

Vous êtes, madame, aussi pru-dente que belle, c'est une grande chose que la précaution.

## Mme. Mouchoir.

Mais vraiment sans doute, si j'avois été plus sage, je n'aurois pas à me reprocher intérieurement les foibles-ses que j'ai eu pour vous.

### L'abbé.

Belle action qui est dans la nature
et qui n'offense point dieu ; les cœurs
ne sont-ils pas faits pour aimer quand
on s'estime, qu'y-a-t'il de plus beau
que de ne rien se refuser et de jouir.

### Mme. Mouchoir.

Votre morale est commode, c'est
en la prêchant que vous avez fait
tant de conquêtes, et que vous avez
fini par la mienne, mais quand vous
montez en chaire, pourquoi nous
parlez-vous si différemment.

### L'abbé.

Je fais, ma mignonne, mon métier
mais je ne persuade que les sots
qui me croient aussi stupide qu'eux
les gens d'esprit ne sont pas mes du-
pes, ils se taisent et se comportent

conformément à leurs facultés et à leur tempérament, ils ont raison, car je crois certainement n'avoir pas tort de faire ce que je fais et de dire ce que je dis. Comme curé, je prêche l'évangile, comme homme je me livre à la volupté et c'est à vous seule que j'offre mon hommage, ne perdons point de tems à argumenter, viens ma reine viens dans mes bras, assieds-toi sur mes génoux.

### Mme. Mouchoir.

Il faut donc aller trouver monsieur, monsieur ne peut donc pas venir.

### L'abbé.

Tu as raison.

(Il se leve à grand bruit, il saute vite sur madame Mouchoir qui se prête complaisamment, et s'écrie:

ah! malheureux; ah! téméraire ah!
mon ami? connois-tu l'excès de ma
tendresse , sens-tu le prix de mon
amour. )

### L'abbé.

Je vous jure que vous ne serez
pas ratée , que vous serez contente.

### Mme. Mouchoir.

Il y va de votre honneur et de
notre plaisir, quand un cavalier n'est
pas en état de servir une femme, il
ne doit pas se hasarder crainte de
rester en affront.

### L'abbé.

Sentez vous les flots de mon sperme,
si de ce coup vous êtes enceinte ,
tant mieux vous ne courez aucun
risque.

### Mme. Mouchoir.

Que vous êtes séducteur, femmes que vous êtes faibles.

### L'abbé.

A quoi servent vos inutiles réflexions on n'éxiste ici bas que pour croître et multiplier, allez, ma bonne amie, point de remords, nous ne sommes pas venus ici pour enfiler des perles, ne songeons qu'à nous divertir.

### Mme Mouchoir.

On est bien long-tems à nous servir (elle sonne.) vous devez avoir appé-tit.

### L'abbé.

Nous avons vous et moi assez marché, assez travaillé pour nous restau-ter, il nous faut madame, reprendre de nouvelles forces, parceque nous n'avons fait que préluder, quand nous nous serons reposés, et garnis l'estomach, nous jouirons de nouveau et je vous traiterai avec plus de vigueur.

**Mme. Mouchoir:**

Tu n'as point de discrétion, tu veux donc ruiner ton tempérament, et affoiblir ta santé, il faut être plus raisonnable que ça.

**L'abbé.**

Je n'ai pas le plaisir de vous posséder tous les jours à ma dévotion, il est bien naturel que quand j'ai cet avantage, je me dédommage de votre absence et des privations douloureuses qu'elle me fait éprouver.

**Mme. Mouchoir.**
Crois moi, cher amant, n'usons

point le plaisir en voulant trop le multiplier.

### L'abbé.

Tu veux rire, ma chere maîtresse, aimons nous, c'est le charme de l'éxistence, quand nous serons vieux nous abandonnerons la partie aux jeunes gens. Commençons par dîner nous verrons ensuite à nous reprendre de plus bel e.

### Mme. Mouchoir.

Dinons, voilà une volaille qui a très bonne mine, si elle est tendre ce sera un morceau exquis:

### L'abbé.

Comme les dames aiment le cul, je vais vous servir le croupion avec une aile qui est l'emblême de la légereté de votre sexe.

### Mme. Mouchoir.

Polisson ? les dames aiment le cul et vous autres hommes, qu'aimez-vous.

### L'abbé.

Vos jolis charmes qui sont les filets de l'amour.

### Mme. Mouchoir.

Je ne suis point assez bégueule, assez fausse pour vous assurer que nous ne nous soucions point de votre instrument naturel et de ce qui l'accompagne, mais a-ton besoin de parler de ces sortes de choses, on sait à quoi s'en tenir.

### L'abbé.

En parler est un surcroît à la jouissance, les vieux comme les jeunes n'ont ils point également le mot galant c'est une consolation pour la vieillesse de parler amour et galanterie, quand elle ne peut jouir, conviens, ma femme, de cette vérité.

**Mme. Mouchoir.**

Je ne sais point ce que je ferai quand je serai sur le retour, mais j'imagine que dans l'âge mûr on a bien d'autres choses à penser et à dire.

**L'abbé,**

Supposez que cela soit, profitons donc du tems de nos forces pour parler amour et pour le faire. Jouissons de toutes manieres et sans réserve.

**Mme. Mouchoir.**

Je sais bien que la jeunesse et la virilité sont les saisons des amours et des plaisirs.

**L'abbé.**

Et de f....

**Mme. Mouchoir.**

Que vous avez le propos grossier ne pouvez-vous employer des expressions plus honnêtes, plus douces, plus galantes.

**L'abbé.**

Pourquoi ne pas nommer les choses par leur nom, un mot en vaut un autre et ne signifie pas davantage, ce ne sont que les acceptions que l'on donne aux termes qui assignent la différence, du reste une parole n'écorche pas plus la bouche qu'un autre.

**Mme. Mouchoir.**

Diriez-vous devant tout autre que moi, les obscénités que vous me dites.

**L'abbé.**

Non sans doute, parcequ'il est de convention de ne point parler si librement, si familierement aux personnes que l'on ne connoit pas et avec qui on n'a point d'étroites liaisons.

**Mme. Mouchoir.**

Doit on être grossier avec les gens que l'on aime.

**L'abbé.**

Allons, madame la prude, vous raisonnez comme on ne raisonne pas.

**Mme. Mouchoir.**

Nous sommes fort bien ici, loin des méchans, des envieux, des médisans, on a point à craindre les coups de langue.

**L'abbé.**

Le diable ne nous trouveroit pas ici et ne devineroit pas mon costume qui pourroit en effet s'imaginer qu'un curé, vêtu comme un officier est

F

dans une guinguette avec une jolie femme, c'est ce qui prouve la sagesse de nos précautions nécessaires pour nous éviter des disgraces et des peines, qui ne voit rien, qui n'entend rien, n'a rien à dire.

Comme ces deux amans se tenoient ce langage, mon ami fort imprudemment, renversa la chaise d'un coup de pied en se retournant, ce qui jetta ce couple amoureux dans la plus grande consternation, et leur fit observer le plus profond silence. Nous de notre côté, nous étions désolés du bruit que cette maudite chaise avoit occasionnée.

Quel dommage! cela n'alloit-il pas mal, cette aventure étoit plaisante, et je suis bien certain que l'abbé et sa bergere, qui se croyoient qui

se disoient si tranquilles , ne l'étoient
plus gueres , et qu'au contraire ils
étoient désespérés de cette surprise
en effet douloureuse , nous n'avions
rien vu , il est vrai , mais nous avions
entendu , et certainement ils se re-
pentoient d'avoir si hautement parlé ,
nous avons tout lieu de croire que
si leur diner finit sitôt on ne peut
en imputer la trop courte durée qu'a
leur repentir , qu'à leur frayeur , à
leur trouble et à leur imprudent
entretien. Je ne puis assurer s'ils se
remirent de leur agitation , mais nous
sommes bien convaincus que l'abbé
ne parla à sa maîtresse de recommen-
cer l'opération mystérieuse.

Une demie heure après , ils prirent
lestement leur parti et décamperent
sans bruit et sans s'embarasser d'a-
chever leur diner , ils ne regretter

surement pas de payer les mets auxquels ils avoient à peine goutés, tant ils étoient pressés de quitter cette maison pour se rendre dans une autre et changer de lieu.

Nous nous mîmes malignement à la fenêtre, et ils prirent la route de Mont-Rouge, jurant sans doute contre nous.

Voilà cet homme qui monte dans la chaire de vérité pour nous enseigner une morale à laquelle il ne croit pas.

Depuis ce tems là, nous sommes las de toutes leurs mascarades qui faisoient en croire.

FIN.

# VERS

## *Dédiés aux Maroniers du jardin de l'Egalité.*

N'allez pas f... la vé...
A nos jeunes tilleuls,
Comme vous avez fait aux maroniers
On les voit mourir sur pied
Vous n'aurez plus leur ombrage,
Le soleil vous brûlera le visage
Vous deviendrez comme dans
          l'Amérique
Vous serez noirs comme des marmites
L'on vous mettra dans la câsserole
Pour éplucher vos croquignolles
Avec une bonne savonnade,
L'on vous blanchira le visage
Depuis le bas jusqu'en haut,

Et même jusqu'aux os ,
Après une telle expérience
Vous serez bien blanches
Vous chercherez à vous marier ,
C'est tout ce que l'on peus vous
souhaiter.

# RONDE
## POUR LA GRAVURE.

Air : *des deux chasseurs et la laitiere.*

Voilà, voilà la belle bouquetiere,
Qui veut acheter ses bouquets,
Venez à moi filles qui voulez plaire,
A moi venez amans coquets.
En amour très peu de succès,
Si l'on ne fleurit sa bergere,
Une fleur donne un libre accès,
Au tendre amant qui cherche à plaire
Sans que l'on refuse jamais  (bis)
Voilà, voilà, &c.

Sans qu'on le refuse jamais
Il peut sans être téméraire,

Présenter des fleurs des bouquets,
A la beauté la plus sévere
Ainsi l'amour fait des progrès, (bis)
Voilà, voilà, &c.

Ainsi l'amour fait des progrès,
Quand l'amant n'est point mercenaire
On est reconnaissant après,
Sa flamme n'est point passagere,
Comme la rose et les œillets, (bis)
Voilà, &c.

Avec la rose et les œillets,
Lorsque leur fraîcheur est premiere
On fait sa cour à peu de frais;
L'amant est aimé sans mystere,
Les fleurs couronnent ses souhaits (bis)
Voilà, voilà, &c.

## F I N.

# LES AMOURS
### DE
## *LUCAS ET CLAUDINE.*

Ah ! que je suis malheureux
Depuis que je suis amoureux ;
Je passe la nuit sans dormir ,
A soupirer et á gémir ,
L'amour depuis la mi-carême,
M'a rendu tout jaune et tout blême
J'étois gras comme un hareng sor ,
Mais l'amour me tourmente si fort
Que j'en ai perdn toute ma graisse,
Mon visage et mes pauvres fesses ,
Mes cuisses , mes bras et mes hanches
Sont aussi gras que des planches.
J'ai le dos sec comme une étrille ,
Et les jambes comme une quille ,
L'amour me donne si fort la gratte

Qu'il m'en fait enfler la rate ,
Il y a long-temps que je soupire ,
On a beau faire et beau dire ,
Je veux pour éteindre ma flamme ,
S'en est fait, je veux me marier ,
Les garçons de notre village ,
Tous les jours se mettent en menage
Quand je devrois être cornard ;
S'ils sont tretous bian amoureux ,
Je le suis du moins autant qu'eux
Malpeste , quels dégourdis ,
Tous ces amoureux transis
Choisissent les filles les plus belles ,
Et moi comme un jean de nivelle ,
Je n'aurai plus que le fretin ,
Voilà déja la grande catin ,
Qui va se marier lundi ,
Avec le fils de Jean Jeudi.
Roline et Marion Grimbelles ,
Qui sont du village les plus belles

Se sont rencontrés deux les semaines passées
Avec leurs amoureux, fiancées ;
Et la fille à Jean Fluyau,
Epouse Nicolas Thuyau.
Mathurin grosse jaquette
Fait l'amour à Robinette ,
Et Thibault porte-malheur ,
Se va marier avec la sœur
De défunt Georges Pignon,
La nièce à Martin Chignon ;
Prétend le jour du Mardi-Gras
Epouser le grand Thomas ,
Palsangune ... j'en voulons rire
Je savons comme eux aussi bian dire ,
Quoique j'avons la tête pelée ,
J'en veux user ma raclée ,
J'ai fait l'amour autrefois
A la belle Thomme voilà proche sa
maison ,
Je veux que d'une agréable sorte

Frapper comme il faut à la porte,
Pan , pan , hola Claudine , hola
Vite , morbleu , c'est Lucas qui est-là
Je n'en puis plus , vite tôt tôt
Claudine , ouvrez moi au plutôt ,
Ou je vas crever à la porte ,
C'est l'amour qui me transporte ,
Pour tes beaux yeux , double carogne
Jamais la gale ni la rogne ,
Ne m'ont donnés tant d'ennui ,
Que j'en ai pour toi aujourd'hui.

---

De l'imprimerie de Cythere.

www.ingramcontent.com/pod-product-compliance
Ingram Content Group UK Ltd.
Pitfield, Milton Keynes, MK11 3LW, UK
UKHW021218230726
13926UKWH00003B/1101